這本可愛的小書是屬於

_____ 的！

國家圖書館出版品預行編目資料

嗯,好吃好吃!－第一次帶便當 / 劉靜娟著;朱丹丹
繪.－－初版一刷.－－臺北市：三民，2005
　　面；　　公分.－－(兒童文學叢書.第一次系列)

ISBN 957-14-4215-1　　(精裝)

850

網路書店位址　http://www.sanmin.com.tw

© 嗯，好吃好吃！
　　——第一次帶便當

著作人　劉靜娟
繪　者　朱丹丹
發行人　劉振強
著作財
產權人　三民書局股份有限公司
　　　　臺北市復興北路386號
發行所　三民書局股份有限公司
　　　　地址／臺北市復興北路386號
　　　　電話／(02)25006600
　　　　郵撥／0009998-5
印刷所　三民書局股份有限公司
門市部　復北店／臺北市復興北路386號
　　　　重南店／臺北市重慶南路一段61號
初版一刷　2005年2月
編　號　S 856871
定　價　新臺幣貳佰元整
行政院新聞局登記證局版臺業字第○二○○號

ISBN　957-14-4215-1　　(精裝)

記得當時年紀小

（主編的話）

　　我相信每一位父母親，都有同樣的心願，希望孩子能快樂的成長，在他們初解周遭人事、好奇而純淨的心中，周圍的一草一木，一花一樹，或是生活中的人情事物，都會點點滴滴的匯聚出生命河流，那些經驗將在他們的成長歲月中，形成珍貴的記憶。

　　而人生有多少的第一次？

　　當孩子開始把注意力從自己的身體與家人轉移到周圍的環境時，也正是多數的父母，努力在家庭和事業間奔走的時期，孩子的教養責任有時就旁落他人，不僅每晚睡前的床邊故事時間無暇顧及，就是孩子放學後，也只是任他回到一個空大的房子，與電視機為伴。為了不讓孩子的童年留下空白，也不願自己被忙碌的生活淹沒，做父母的不得不用心安排，這也是現代人必修的課程。

　　三民書局決定出版「第一次系列」這一套童書，正是配合了時代的步調，不僅讓孩子在跨出人生的第一步時，能夠留下美好的回憶，也讓孩子在面對起起伏伏的人生時，能夠步履堅定的往前走，更讓身為父母親的人，捉住了這一段生命中可貴的片段。

　　這一系列的作者，都是用心關注孩子生活，而且對兒童文學或教育心理學有專精的寫手。譬如第一次參與童書寫作的劉瑪玲，本身是畫家又有兩位可愛的孫兒女，由她來寫小朋友第一次自己住外婆家的經驗，讀之溫馨，更忍不住發出莞爾。年輕的媽媽宇文正，擅於散文書寫，她那細膩的思維和豐富的想像力，將母子之情躍然紙上。主修心理學的洪于倫，對兒童文學與舞蹈皆有所好，在書中，她描繪朋友間的相處，輕描淡寫卻扣人心弦，也反映出她喜愛動物的悲憫之心。謝謝她們三位加入為小朋友寫書的行列。

當然也要感謝童書的老將們，她們一直是三民童書系列的主力。散文高手劉靜娟，她善於觀察那細微的稚子情懷，以熟練的文筆，娓娓道來便當中隱藏的親情，那只有媽媽和他知道的祕密。

　　哪一個孩子對第一次上學不是充滿又喜又怕的心情？方梓擅長書寫祖孫深情，讓阿公和小孫子之間的愛，克服了對新環境的懼怕和不安。

　　還記得寫《奇奇的磁鐵鞋》的林黛嫚嗎？這次她寫出快被人遺忘的回娘家的故事，親子之情真摯可愛，值得珍惜。

　　王明心和趙映雪都是主修幼兒教育與兒童文學的作家。王明心用她特有的書寫語言，讓第一次離家出走的兵兵，幽默而可愛的稚子之情，流露無遺。趙映雪所寫的雲霄飛車，驚險萬分，引起了多少人的回憶與共鳴？那經驗，那感覺，孩子一輩子都忘不了，且看趙映雪如何把那驚險轉化為難忘的回憶。

　　李寬宏是唯一的爸爸作者，他在「音樂家系列」中所寫的舒伯特，廣受歡迎；在「影響世界的人」系列中，把兩千五百歲的酷老師——孔子描繪成一副顛覆傳統、令人印象深刻的形象，更加精彩。而在這次寫到第一次騎腳踏車的書中，他除了一向的幽默風趣外，更有為父的慈愛，千萬不能錯過。我自己忝陪末座，記錄了小兒子第一次陪媽媽上學的經驗，也希望提供給年輕的媽媽，現實與夢想可以兼顧的參考。

　　我們的童年已遠，但從孩子們的「第一次」經驗中，再次回到童稚的歲月，這真是生命中難忘而快樂的記憶。我希望每一位父母都能與孩子一起走回童年，一起讀書，共創回憶。這也是我多年來，主編三民兒童文學叢書，一直不變的理想。

2

作者的話

　　吃飯，是每個人每天在做的事，不過，有些小朋友因為胃口不佳，或者偏食，吃飯時間常是父母的頭痛時間。很多父母為了讓孩子有均衡的營養，費盡心機把某些食物做得完全看不出它原來的形貌。比如把胡蘿蔔、青菜打成泥，混在肉丸或餃子餡裡。可是，孩子是天生的偵探，總會用狐疑的眼光觀察「不明」食物；然後，只要嘗一口就知道大人的「陰謀」了。

　　有趣的是，做媽媽的有時「灰心放棄」，小孩沒有了對抗的必要，自己無趣，反而不那麼挑食了。而如果同桌吃飯的友伴多，菜都變得好吃起來。人多話多氣氛熱烈，人快樂，胃口就開啦。也說不定是因為有「競爭」對手，好東西怕給別人吃光光的關係吧？

　　帶便當，也有同樣的效果。上全天課，有帶便當的資格，覺得自己長大了，當然歡喜；又可以和同學們一起吃飯，再平常的菜都會好吃幾分。

　　就算不是和很多人一起吃，吃便當還是讓大人和小孩覺得「別有一番滋味」。小朋友和家人去爬山郊遊，便當裡的菜即使只是媽媽匆忙之間煎的菜脯蛋，還是冷的，都覺得特別香。食物裝在飯盒裡，和裝在碗裡的很不同，故事裡的小孩去找怪獸，大人去打老虎，去做工蓋房子，總會帶便當，或至少帶個飯團哩。再說，運動過後，胃口當然特別好啦。

　　搭火車，更要吃便當。「鐵路便當」這兩年又熱門了起來，雖然不過是一塊豬排、半個滷蛋、一片黃色醃蘿蔔，卻是臺灣人不分老小很有童趣的經驗。一邊吃便當，一邊看車窗外的風景，人好像走入動畫電影裡了。

　　現在的小學生上學不一定自己帶便當，多半是訂「營養午餐」吃。低年級

時，餐館裝好便當送來，每個人的食物一模一樣；雖然沒有選擇，但是一起吃，也有「人多菜好吃」的效果。中高年級，像吃自助餐那樣，自己去打菜，端了盤子和同學一起吃，還可以「吃著碗裡的，看著別人的」，和好朋友分享不同的菜色。

　　人的一生中，能和全班同學一起在教室裡吃飯的機會大約就是小學時代了。以後回想起來，一定很甜蜜很溫馨。同學見面也許會說到阿胖小時候就有好胃口，總有那麻雀肚子的分一些給他；吃不完的飯菜，佩玲都偷偷的拿去餵校園裡的流浪狗；還有，媽媽聽說我在學校裡吃得多，不服氣，說他們煮了什麼菜竟比家裡的好吃呢？還有，還有……嗳，小學種種，令人回味無窮呢！

劉靜娟

嗯，好吃好吃！

第一次帶便當

劉靜娟／著

朱丹丹／繪

功課表

升上三年級的小庭
明天上全天課，
要帶便當了。
想到可以和小朋友們
一起在教室裡吃便當，
他很興奮。

3

他喜歡很多人一起吃飯，每次回奶奶家，和堂兄弟姐妹坐一桌，有差不多的話題，有時講一些長輩聽不懂的腦筋急轉彎，或者無厘頭的笑話，大家都樂不可支，飯就吃得特別香。

因為非常期待，
星期天一早
他就和媽媽討論，
問她會買什麼菜
給他做便當。

6

「紅燒排骨好嗎？
另外再配青菜和滷蛋。」
「太平常了。」
「炸雞腿呢？」
「又不是去吃肯德基、
麥當勞。」
媽媽說了幾樣，
小庭都不滿意。

　　媽媽覺得有些為難，
因為很多菜都禁不起蒸，
蒸過就變了味，
不好吃。媽媽建議
給他送去，反正學校
離家近。小庭認真
又嚴肅的說：「帶便當
當然是要『帶』去的，
怎麼能送！」

高他兩個年級的哥哥說，
熱熱的便當貼在身上，很棒。
小庭要像哥哥那樣，
上學時把便當放進書包裡，
貼在身上。

當然，便當會裝在
媽媽才為他縫好的
便當袋裡。棉布的，
有藍色的圖案，很好看。
而且，有棉繩子收口紮起來。

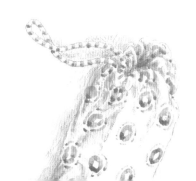

看他當一件大事的研究，
媽媽便拿出一本書，
指給他看「便當食譜」那幾頁。
小庭看一眼，說不要，
那是大人吃的，只是照片好看。

13

最後媽媽說：
「我們來做個遊戲，
你不必知道媽媽
給你帶什麼菜；
明天你打開便當盒，
才知道帶什麼菜，
不是更神祕刺激嗎？
好像摸彩那樣。」

14

小[ㄒㄧㄠ]庭[ㄊㄧㄥ]對[ㄉㄨㄟ]神[ㄕㄣ]祕[ㄇㄧ]的[ㄉㄜ]事[ㄕ]
最[ㄗㄨㄟ]有[ㄧㄡ]興[ㄒㄧㄥ]趣[ㄑㄩ]，
亮[ㄌㄧㄤ]著[ㄓㄜ]眼[ㄧㄢ]睛[ㄐㄧㄥ]說[ㄕㄨㄛ]好[ㄏㄠ]。

15

第二天上學，
熱熱的便當，
貼在身上，
果然很棒。

18

老師叫排長抬
「集合」在兩個大筐中的
便當去廚房蒸時，
小庭自告奮勇，
和一個壯壯的同學
抬其中一個。
一邊走一邊想著：
到時不知會不會有人
拿錯便當 ——
雖然都綁著
各自的號碼牌，
但便當盒的樣子
都差不多。

第四節下課，
便當抬回來，
大家歡天喜地的
找到自己的便當，
津津有味的吃起來。

21

有ㄧㄡˇ的ㄉㄜ˙同ㄊㄨㄥˊ學ㄒㄩㄝˊ比ㄅㄧˇ較ㄐㄧㄠˋ調ㄊㄧㄠˊ皮ㄆㄧˊ，
吃ㄔ了ㄌㄜ˙一ㄧ半ㄅㄢˋ就ㄐㄧㄡˋ坐ㄗㄨㄛˋ不ㄅㄨˊ住ㄓㄨˋ，
去ㄑㄩˋ「觀ㄍㄨㄢ光ㄍㄨㄤ」別ㄅㄧㄝˊ人ㄖㄣˊ的ㄉㄜ˙便ㄅㄧㄢˋ當ㄉㄤ，
還ㄏㄞˊ夾ㄐㄧㄚˊ一ㄧ口ㄎㄡˇ起ㄑㄧˇ來ㄌㄞˊ吃ㄔ，
說ㄕㄨㄛ:「嗯ㄣ，好ㄏㄠˇ吃ㄔ好ㄏㄠˇ吃ㄔ！」

23

老師知道小朋友
第一次帶便當，
新鮮好玩，沒有
制止，只叫他們
回自己的座位，
好好的吃。

小庭剛打開
自己的便當盒時，
　看到色澤鮮亮的
　　番茄炒牛肉，
　　　就微微笑起來。

　　　　其實早上
　　媽媽在炒菜時，
　　他就猜到了，
　　只是給自己保留
　　「摸彩」的樂趣，
　沒問也沒說。

26

隔座的小方說
小庭的菜看來很好吃，
他便大方的
舀一大匙給小方，
小方也給了他
一塊梅干扣肉。好吃！

29

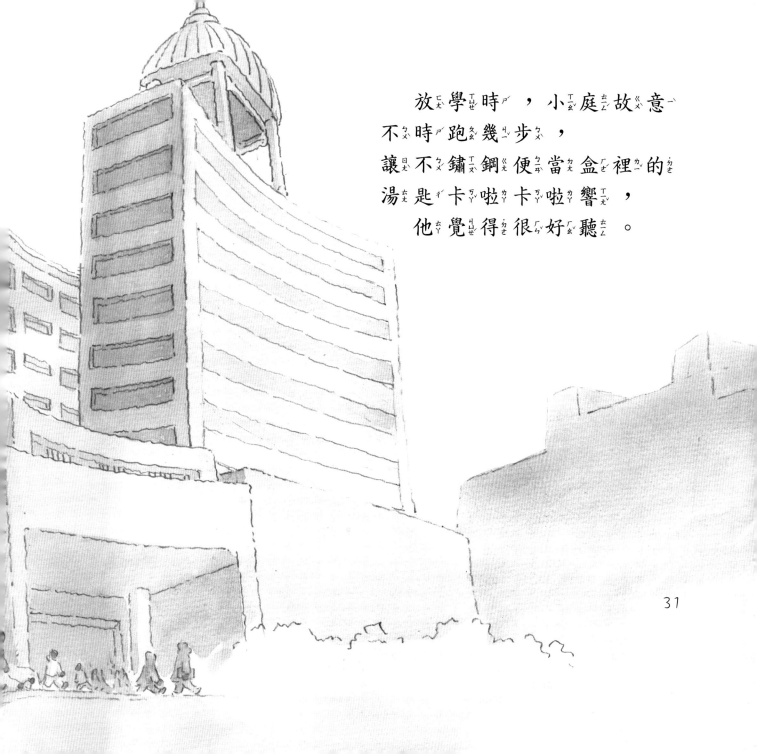

放學時，小庭故意
不時跑幾步，
讓不鏽鋼便當盒裡的
湯匙卡啦卡啦響，
他覺得很好聽。

31

回家後，
媽媽問他
便當好不好吃，
他說好吃，
吃得乾乾淨淨。
和同學們一起
在教室裡吃，
不一樣就是不一樣。

33

何況，
吃到一半時，
小庭忽然發現
裡邊躲著
五個水餃和
三個鵪鶉蛋。

34

寫書的人

劉靜娟

　　從小喜歡聽故事，也喜歡讀故事書。長大後很自然的，就寫起文章來，後來並且到報社工作，編副刊。

　　她已出版二十本書，包括《咱們公開來偷聽》、《采集陽光和閒情》、《被一隻狗撿到》等。其中有一本叫《歲月就像一個球》，記錄她兩個兒子的童年，是她特別「寵愛」的書。她說每個孩子都是哲學家，大人可以從孩子那兒學到很多東西，得到很多啟示。

　　她也為小朋友寫了兩本有趣的童話：《智慧市的糊塗市民》和《屋頂上的祕密》，都由三民書局出版。

畫畫的人

朱丹丹

　　1959年生於南京，1978年至1982年就讀於蘇州絲綢工學院工藝美術設計系（現為蘇州大學藝術分院）。1985年至今任婦女期刊的美術編輯。業餘長期從事兒童讀物的繪畫，是多家少年兒童出版社和幼兒畫刊的美術作者，已出版諸多作品。曾獲中國婦女報刊封面一、二等獎。

小庭的媽媽幫他作的便當菜色好豐富喔！可是，媽媽卻忘了幫他帶好吃的水果。現在，就請準備以下的材料，給小庭一根香甜的香蕉吧！

準備材料

黃色、白色、咖啡色黏土，剪刀。

進行步驟

(1)用白色黏土搓成長條狀。

1.

(2)用黃色黏土先搓成圓球狀，
　　再將黏土壓平。
　　看，這樣就變成圓形囉！

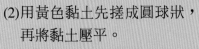

2.

3.

(3)用黃色的圓形黏土把白色的長條狀黏土包起來。注意喔，前頭不要包密，留一個開口。拿剪刀將前頭的黃色黏土剪上幾刀，再輕輕的將黏土撥開。

4.

(4)拿一小塊咖啡色黏土，搓成小橢圓形，黏在另一頭上。哇！香甜好吃的香蕉就完成囉！

你最喜歡的水果是什麼？
也可以動手試試看喔！